Usborne Farmyard Tales

First French Word Book

Heather Amery
Illustrated by Stephen Cartwright

Edited by Jenny Tyler and Mairi Mackinnon
French language consultant: Lorraine Beurton-Sharp

Designed by Helen Wood and Joe Pedley
Cover design: Sarah Cronin

There is a little yellow duck to find on every double page.

Voici la ferme des Pommiers.

This is Apple Tree Farm.

Monsieur et madame Boot habitent ici avec leurs enfants, Poppy et Sam.

Mr. and Mrs. Boot live here with their children, Poppy and Sam.

Ils ont un chien qui s'appelle Rusty, et un chat, Whiskers.

They have a dog named Rusty, and a cat, Whiskers.

Ted travaille à la ferme. Il s'occupe des animaux.

Ted works on the farm. He looks after the animals.

Madame Boot

Monsieur Boot

Ted

Poppy

Sam

Rusty

Whiskers

Woolly

Curly

Les animaux de la ferme
Farm animals

le chien
dog

le veau
calf

la vache
cow

le cochon
pig

le petit cochon
piglet

le mouton
sheep

l'agneau
lamb

4

le cheval
horse

l'âne
donkey

l'oiseau
bird

la chèvre
goat

le chat
cat

le canard
duck

le caneton
duckling

l'oie
goose

la souris
mouse

la maison
house

la cheminée
chimney

la montgolfière
hot-air balloon

le vélo
bicycle

la voiture
car

le toit
roof

la porte
door

Voici la maison de Poppy et Sam.

This is Poppy and Sam's house.

6

la fenêtre
window

la palissade
fence

le portillon
gate

le nuage
cloud

7

la tente
tent

la rivière
stream

le bateau
boat

le poisson
fish

la grenouille
frog

le chemin
path

le pont
bridge

la meule de foin
haystack

l'épouvantail
scarecrow

la mare
pond

Au bord de la rivière

By the stream

le lapin
rabbit

Dans la cour

In the farmyard

Madame Boot lave la voiture.

Mrs. Boot is washing the car.

Poppy fait du vélo.

Poppy is riding her bicycle.

Regarde la montgolfière!

Look at the hot-air balloon!

la voiture

car

le vélo

bicycle

la montgolfière

hot-air balloon

le nuage

cloud

10

La rivière

The stream

Sam joue avec son bateau.

Sam is playing with his boat.

Poppy essaie d'attraper un poisson.

Poppy is trying to catch a fish.

La grenouille se cache.

The frog is hiding.

Un poisson saute hors de l'eau.

A fish is jumping out of the water.

la rivière
stream

le bateau
boat

le poisson
fish

la grenouille
frog

le pont
bridge

les sandales
sandals

le chapeau
hat

la culotte
panties

le tee-shirt
t-shirt

les chaussettes
socks

la robe
dress

Madame Boot étend le linge.

Mrs. Boot is hanging the laundry up.

les chaussures
shoes

le sweat-shirt
sweatshirt

la chemise de nuit
nightgown

le caleçon
shorts

le jean
jeans

la chemise
shirt

13

l'échelle
ladder

la pomme
apple

la feuille
leaf

la chenille
caterpillar

l'arbre
tree

le renard
fox

Poppy aide madame Boot à cueillir les pommes.

Poppy is helping Mrs. Boot pick the apples.

l'abeille
bee

le papillon
butterfly

la balançoire
swing

la fleur
flower

le scarabée
beetle

l'escargot
snail

Étendre le linge

Hanging the laundry up

Rusty veut jouer avec une chaussette.

Rusty wants to play with a sock.

Le chat joue avec le chapeau.

The cat is playing with the hat.

Le jean de Sam est sur le fil.

Sam's jeans are on the line.

Poppy tient sa robe.

Poppy is holding her dress.

la chaussette
sock

la robe
dress

le jean
jeans

le chapeau
hat

Le verger The orchard

Madame Boot est montée sur une échelle.

Mrs. Boot is up a ladder.

Sam fait de la balançoire.

Sam is on the swing.

Poppy, attrape !

Poppy, catch!

Un renard se cache derrière l'arbre.

A fox is hiding behind the tree.

l'échelle
ladder

la balançoire
swing

le renard
fox

l'arbre
tree

la pomme
apple

le poulailler
hen house

le panier
basket

le ver de terre
earthworm

la pelle
shovel

l'œuf
egg

la brouette
wheelbarrow

la plume
feather

Sam nourrit les poules.

Sam is feeding the hens.

le seau
bucket

la poule
hen

le poussin
chick

l'écuelle
bowl

la souris
mouse

la paille
straw

la
remorque
trailer

le **sac**
sack

le **tournevis**
screwdriver

le **siège**
seat

la **boîte
à outils**
tool box

le **marteau**
hammer

Ted répare
le tracteur.

Ted is repairing the tractor.

20

le tracteur
tractor

la peinture
paint

la clé plate
wrench

la corde
rope

le volant
steering wheel

21

Nourrir les poules

Feeding the hens

Ce poussin a faim.

This chick is hungry.

Compte les œufs.

Count the eggs.

Une poule est perchée tout en haut.

One hen is sitting on top.

Sam apporte à manger dans un seau.

Sam brings feed in a bucket.

   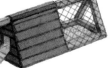 

l'œuf
egg

le poulailler
hen house

le poussin
chick

le seau
bucket

le panier
basket

la poule
hen

Réparer le tracteur

Repairing the tractor

Ted répare le tracteur.

Ted is repairing the tractor.

Poppy peint la remorque.

Poppy is painting the trailer.

Sam tient le marteau.

Sam is holding the hammer.

le tracteur
tractor

le marteau
hammer

le sac
sack

la remorque
trailer

la locomotive

engine

les rails

tracks

le signal

signal

24

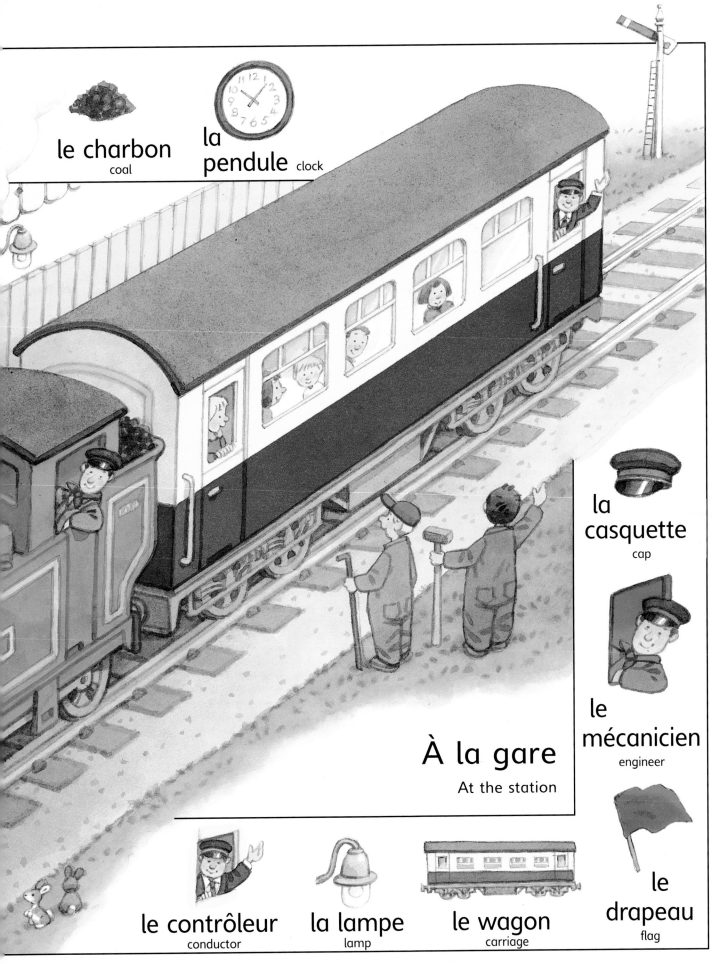

le charbon
coal

la
pendule clock

la
casquette
cap

le
mécanicien
engineer

À la gare

At the station

le
drapeau
flag

le contrôleur
conductor

la lampe
lamp

le wagon
carriage

25

le château
de sable
sandcastle

les cheveux
hair

le
coquillage
shell

la main
hand

les pieds
feet

les
lunettes de soleil
sunglasses

les brassards
arm floaties

la glace
ice cream

la tête
head

le ballon
ball

la serviette
towel

le sac
bag

le crabe
crab

Poppy et Sam sont à la plage.

Poppy and Sam are at the beach.

La gare The station

Voilà la locomotive.
There's the engine.

Le contrôleur sourit.
The conductor is smiling.

C'est l'heure du départ.
It's time to go.

Madame Boot agite son drapeau.
Mrs. Boot waves her flag.

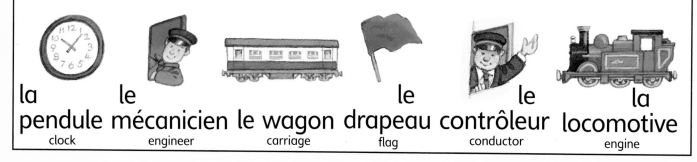

la pendule	le mécanicien	le wagon	le drapeau	le contrôleur	la locomotive
clock	engineer	carriage	flag	conductor	engine

28

À la plage

At the beach

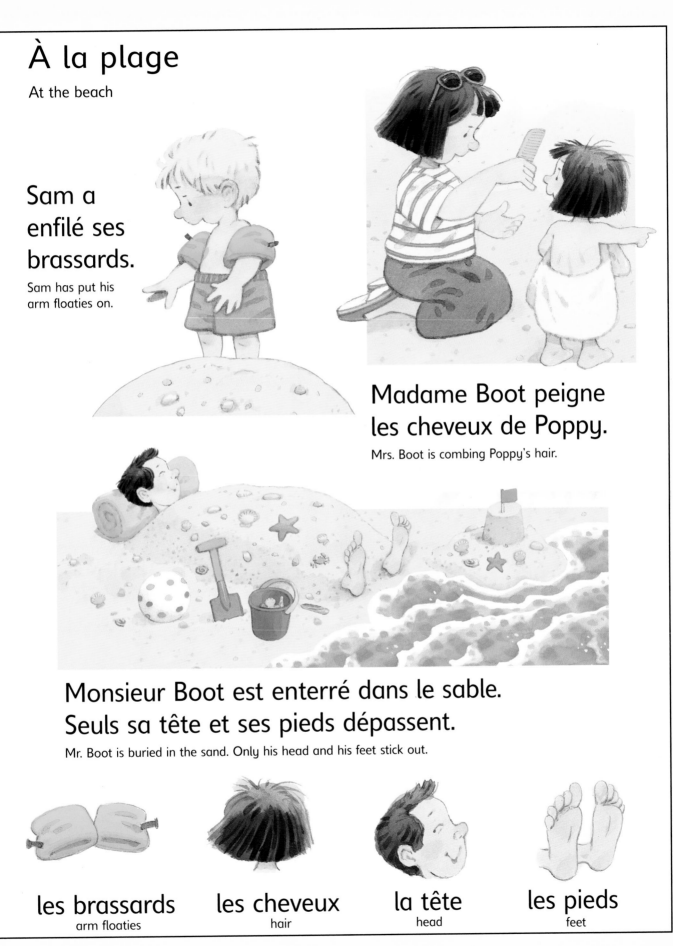

Sam a enfilé ses brassards.

Sam has put his arm floaties on.

Madame Boot peigne les cheveux de Poppy.

Mrs. Boot is combing Poppy's hair.

Monsieur Boot est enterré dans le sable. Seuls sa tête et ses pieds dépassent.

Mr. Boot is buried in the sand. Only his head and his feet stick out.

les brassards
arm floaties

les cheveux
hair

la tête
head

les pieds
feet

les pommes
de terre
potatoes

le raisin
grapes

les cerises
cherries

les petits
pois
peas

la carotte
carrot

les tomates
tomatoes

les fraises
strawberries

le chou
cabbage

les champignons
mushrooms

les oignons
onions

les prunes
plums

la poire
pear

les haricots
beans

Madame Boot, Poppy et Sam vendent des fruits et légumes.

Mrs. Boot, Poppy and Sam are selling fruit and vegetables.

le concombre
cucumber

le chou-fleur
cauliflower

la salade
lettuce

la couverture
blanket

le chocolat
chocolate

l'orange
orange

l'assiette
plate

le gâteau
cake

le couteau
knife

Poppy et Sam font un pique-nique.

Poppy and Sam are having a picnic.

le yaourt
yogurt

le parasol
umbrella

le pain
bread

la banane
banana

le sandwich
sandwich

la bouteille
bottle

le jus de fruits
fruit juice

le fromage
cheese

la fourchette
fork

la tasse
cup

33

Les fruits et légumes Fruit and vegetables

Madame Boot prend une grappe de raisin.

Mrs. Boot is picking up a bunch of grapes.

Sam a des pommes de terre et des salades dans sa brouette.

Sam has potatoes and lettuces in his wheelbarrow.

Combien de choux Poppy tient-elle ?

How many cabbages is Poppy holding?

Curly va-t-il manger la tomate ?

Is Curly going to eat the tomato?

le raisin
grapes

les choux
cabbages

les pommes de terre
potatoes

les salades
lettuces

les tomates
tomatoes

Le pique-nique

The picnic

Poppy a renversé la bouteille.

Poppy has dropped the bottle.

Madame Boot a du fromage sur une assiette.

Mrs. Boot has some cheese on a plate.

Sam se verse du lait.

Sam is pouring himself some milk.

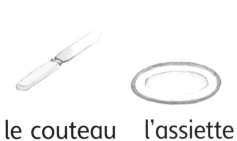

la bouteille bottle	**le fromage** cheese	**le couteau** knife	**l'assiette** plate	**le lait** milk

l'ordinateur
computer

le téléphone
telephone

le journal
newspaper

la photo
photo

la cassette vidéo
video

le tableau
picture

Poppy lit un livre et Sam joue avec son ordinateur.

Poppy is reading a book and Sam is playing on his computer.

la radio
radio

le crayon
pencil

la télévision
television

la table
table

le CD
CD

le stylo
pen

l'appareil photo
camera

la chaîne stéréo
stereo

la chaise
chair

les chaussons
slippers

l'oreiller
pillow

le lit
bed

le nounours
teddy bear

le livre
book

le savon
soap

la brosse
brush

le store
blinds

le peigne
comb

le miroir
mirror

le lavabo
sink

C'est l'heure d'aller au lit.

It's time for bed.

la poupée
doll

la brosse à dents
toothbrush

les toilettes
toilet

À la maison

At home

Poppy lit un livre.

Poppy is reading a book.

Voilà le téléphone.

There's the telephone.

Sam joue avec son ordinateur.

Sam is playing on his computer.

Papa lit le journal.

Dad's reading the newspaper.

le livre
book

le téléphone
telephone

le journal
newspaper

la table
table

l'ordinateur
computer

Au lit !

Bedtime!

Le nounours de Poppy est sur l'oreiller.

Poppy's teddy bear is on the pillow.

Sam saute sur son lit.

Sam is jumping on his bed.

Le savon est sur le lavabo.

The soap is on the sink.

Poppy se brosse les dents avec sa brosse à dents.

Poppy is brushing her teeth with her toothbrush.

le lit
bed

la brosse à dents
toothbrush

le nounours
teddy bear

l'oreiller
pillow

le savon
soap

le lavabo
sink

Le temps
Weather

la neige
snow

le soleil
sun

la pluie
rain

le brouillard
fog

le vent
wind

Les saisons Seasons

le printemps
spring

l'été
summer

42

l'arc-en-ciel rainbow

l'orage storm

le verglas

ice

les nuages

clouds

l'automne

fall

l'hiver

winter

Les couleurs

Colors

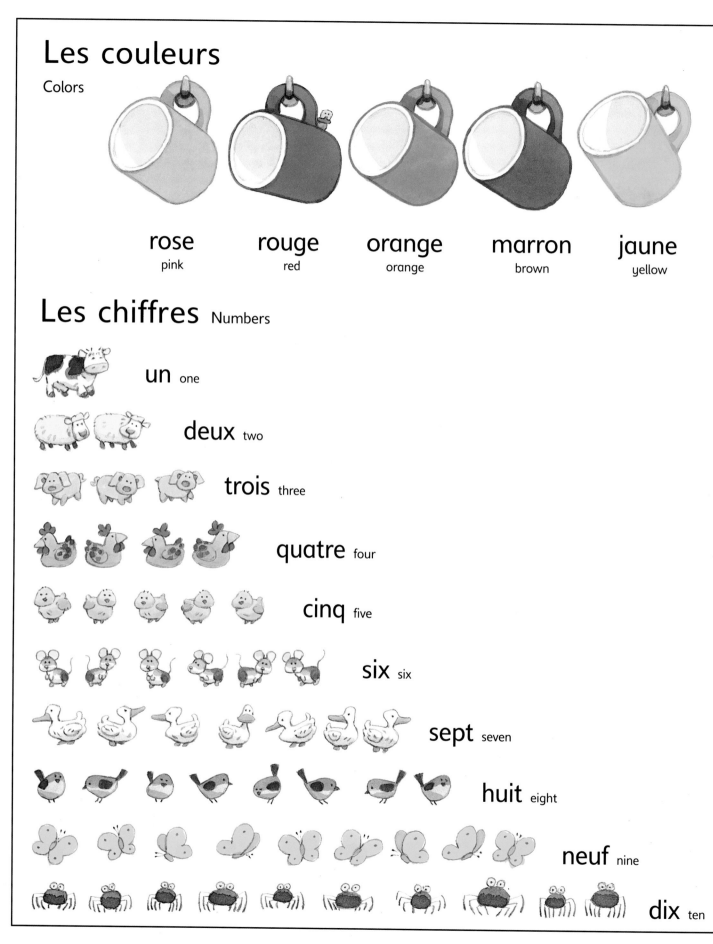

rose pink **rouge** red **orange** orange **marron** brown **jaune** yellow

Les chiffres Numbers

un one

deux two

trois three

quatre four

cinq five

six six

sept seven

huit eight

neuf nine

dix ten

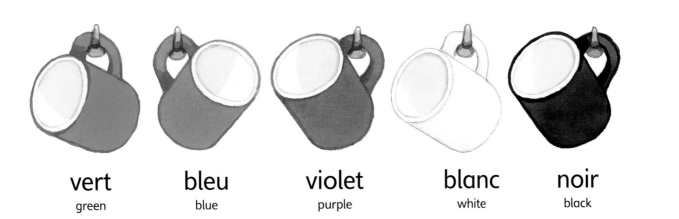

vert
green

bleu
blue

violet
purple

blanc
white

noir
black

Il y a cent chiens sur cette page.

There are 100 dogs on this page.

dix 10

vingt 20

trente 30

quarante 40

cinquante 50

soixante 60

soixante-dix 70

quatre-vingts 80

quatre-vingt-dix 90

cent 100

Word List

l'abeille
l'agneau
l'âne
l'appareil photo
l'arbre
l'arc-en-ciel
l'assiette
l'automne
la balançoire
le ballon
la banane
le bateau
blanc
bleu
la boîte à outils
la bouteille
les brassards
la brosse
la brosse à dents
la brouette
le brouillard
le caleçon
le canard
le caneton
la carotte
la casquette
la cassette vidéo

le CD
les cerises
la chaîne stéréo
la chaise
les champignons
le chapeau
le charbon
le chat
le château de sable
les chaussettes
les chaussons
les chaussures
le chemin
la cheminée
la chemise
la chemise de nuit
la chenille
le cheval
les cheveux
la chèvre
le chien
le chocolat
le chou
le chou-fleur
cinq
la clé plate
le cochon

le concombre
le contrôleur
le coquillage
la corde
le couteau
la couverture
le crabe
le crayon
la culotte
Curly
deux
dix
le drapeau
l'échelle
l'écuelle
l'épouvantail
l'escargot
l'été
la fenêtre
la feuille
la fleur
la fourchette
les fraises
le fromage
le gâteau
la glace
la grenouille

les haricots
l'hiver
huit
jaune
le jean
le journal
le jus de fruits
le lait
la lampe
le lapin
le lavabo
le lit
le livre
la locomotive
les lunettes de soleil
Madame Boot
la main
la maison
la mare
marron
le marteau
le mécanicien
la meule de foin
le miroir
Monsieur Boot
la montgolfière
le mouton

la neige
neuf
noir
le nounours
le nuage
l'œuf
l'oie
les oignons
l'oiseau
l'orage
l'orange
l'ordinateur
l'oreiller
la paille
le pain
la palissade
le panier
le papillon
le parasol
le peigne
la peinture
la pelle
la pendule
le petit cochon
les petits pois
la photo
les pieds

la pluie
la plume
la poire
le poisson
la pomme
les pommes de terre
le pont
Poppy
la porte
le portillon
le poulailler
la poule
la poupée
le poussin
le printemps
les prunes
quatre
la radio
les rails
le raisin
la remorque
le renard
la rivière
la robe
rose
rouge
Rusty

le sac
la salade
Sam
les sandales
le sandwich
le savon
le scarabée
le seau
sept
la serviette
le siège
le signal
six
le soleil
la souris
le store
le stylo
le sweat-shirt
la table
le tableau
la tasse
Ted
le tee-shirt
le téléphone
la télévision
la tente
la tête

les toilettes
le toit
les tomates
le tournevis
le tracteur
trois
un
la vache
le veau
le vélo
le vent
le ver de terre
le verglas
vert
violet
la voiture
le volant
le wagon
Whiskers
Woolly
le yaourt

Can you find a
word to match
each picture?